Notre République

Du même auteur

- **Romans, micro-roman et nouvelles :**

Seconde Chance – Nouvelles – Editions La Matière Noire puis BOD – 2013/2016

DATACENTER – Roman – Editions du Pont de l'Europe (version papier) et BOD (version numérique) - 2017

Je, Gosse de Nouzonville – Roman pseudobiographique – Editions du Pont de l'Europe (version papier) et BOD (version numérique) – 2020

Les derniers cow-boys français – Roman – BOD – 2022 (Réédition)

Les adieux à la peau – Nouvelles – BOD – 2022

Chronique de la mort au bout – Roman – BOD – 2022 (Réédition)

In love with Alice – Roman – BOD - 2022

- **Biographies :**

Manu Chao, le clandestino – Editions Pimientos - 2009

Noir Désir, Post-Mortem – Editions Camion Blanc - 2019

- **Collaborations :**

Ablation de mon prépuce mental. Avec Insolo Veritas. – BOD – 2021

Douleurs Fantômes. Avec Dystophotographie – BOD - 2022

Léonel Houssam

Notre République

Nouvelle

Deux cent treize hommes et femmes pénètrent dans le village d'Orgape. Les quelques soixante-quinze personnes vivant dans les maisons longeant la rue principale sont saisis au petit matin, extirpés de leurs lits, poignets liés dans le dos avant d'être parqués dans une grange non loin de l'entrée ouest et dans un garage à tracteurs au centre du village en face de la maison. Les assaillants ne perdent pas de temps et s'activent rapidement pour fabriquer des barrages et protéger les maisons placées sur les lieux stratégiques. Ils vident les quatre semi-remorques de leurs contenus : nourriture, armes, matériels informatiques, générateurs, purificateurs d'eau et l'ensemble des effets nécessaires pour tenir un siège. Toutes les voitures de passage sont détournées, priées de rebrousser chemin car « le village est fermé pour cause de déminage d'une bombe non – explosée de la Seconde Guerre Mondiale.

Au milieu de la soirée du premier jour d'occupation, les autorités sont prévenues par le grand-oncle d'une habitante du 4 rue des Moires. Il ne faut pas plus d'une demi-heure pour que la police débarque. Deux voitures qui sont immédiatement prises pour cibles à coups d'armes de guerre. Deux policiers sont mortellement blessés. Trois autres légèrement touchés. Deux s'en sortent sans égratignure.

C'est l'été, toujours plus insensé, où les températures ont une fois de plus atteint des records. Le monde occidental fait semblant de croire qu'il existe encore un mince espoir... Dans le village occupé, les assaillants semblent penser le contraire.

NOTRE RÉPUBLIQUE – 30ᵉ jour après.

La rue des Moires est fermée de chaque côté par des barricades de troncs d'arbres coupés dans le parc séculaire du centre de la ville. La pluie bat le bitume, des silhouettes de jeunes hommes, torse nu, en pantalon de treillis, casquettes américaines et Kalachnikovs en bandoulière. Des filles en ombres chinoises qui attendent adossées aux murs de briques des maisons mitoyennes de style coron. Quelques vieillards avachis sur des chaises installées sur les deux trottoirs. Détritus, carcasses de voitures, haies de lauriers, d'arbustes, de roseaux ravagés par le manque d'eau, les balles perdues, les ponctions destinées au feu de bois pour la cuisson. On sent la poudre, le mauvais café, les ordures pourrissant, les égouts... Bertrand tire sur sa clope après avoir pissé sur le pare-chocs de la carcasse carbonisée de l'Audi break. Il ne prête pas attention aux suppliques de cette jeune femme qu'il vient de baiser sans ménagement dans le couloir de la maison de l'ancienne maire.

PARODIANT SES ANCÊTRES – 33e jour.

L'Indien joue avec les cotillons. Dans son bluejean Lois, il tortille un peu son cul massif, parodiant ses ancêtres. Bertrand lui serre la main, l'invite à entrer dans le corridor de la maison bourgeoise. D'une main ferme, il attrape la crosse d'un Magnum qu'il tend au Peau-Rouge ivre et souriant :

« Arrête un peu la picole gros naze. Si tu veux faire honneur à tes racines, vise entre les deux yeux, pas dans les pattes »

La pluie a cessé. Le crépuscule illumine la rue de sa lumière rouge orangée. La couche nuageuse effilochée s'étire au-dessus des quartiers ennemis, bien au-delà du Mont Avril. L'Indien foule de nouveau le goudron trempé avec ses baskets Nike rose fluo usées salies.

Bertrand s'engage dans le petit jardin de la maison. Il soulève l'énorme planche de bois gisant au centre de l'ancien potager. Le visage dégueulasse de Martin apparaît, surgissant de l'obscurité épaisse du tunnel. Après avoir balancé l'énorme sac à dos qui lui sciait les épaules, il se hisse dans le carré de poireaux morts avant de se tenir presque au garde à vous.

« Fais pas chier. On n'est pas à l'armée. Alors t'as quoi là-dedans ?

- Sept cartouches de clopes, deux kilos de sucre, deux de farine, trois litres de lait et d'huile, six d'eau minérale, quatre boîtes d'aspirine, deux briquets, un paquet de café soluble, des aiguilles et une paire de ciseaux, une canette de coca, trois bouteilles de whisky.

- D'où vient cette viande ? Putain qu'elle est bonne et juteuse ! »

LEUR RÉPUBLIQUE. LA VIANDE, LES VENTRES PLEINS. 36ᵉ jour.

Tout le monde rit autour de la table. Quelques détonations leur parviennent mais ils n'y prennent pas garde. Ils sont au chaud de leur amitié inflexible, baignant dans l'ivresse, les organes en forme, les bouches bavardant, les hormones affolées. Ils lèvent leurs verres et blaguent. Pierre continue à chauffer l'assemblée en réitérant son admiration pour Staline: « C'est autre chose que Trotski et Hutch ». Fou rire, viande mastiquée. Claire jaillit dans le petit salon avec un nouveau plat de bidoche grillée sur le barbecue improvisé dans un caddie métallique stationné au-dessus d'un foyer de cendres incandescentes. La joie, les tapes dans le dos, le whisky, les cigarettes, les rires, les armes posées à portée de main... Mais l'ennemi attend tapi, terrassé, inquiet.

Ils rongent les os, ils sucent les cartilages, ils balancent les déchets aux deux boxers affamés bavant autour de la tablée. La liberté. Leur République. La viande. Leurs ventres pleins.

« On est le seul endroit au monde où Dieu laisse la liberté s'exercer »

Pierre sort son chibre et se branle. Personne n'y prête vraiment attention sauf peut-être Kévin qui aimerait en goûter la saveur, le sang, le brûlé de la viande emplissant encore sa gorge et excitant ses papilles. Le pénis luit et rougit sous la pression de la paume refermée. Le sperme s'éparpille sous forme de gouttelettes impeccablement sphériques et d'un blanc laiteux gourmand... Les rires. Les verres que l'on cogne. La viande que l'on mâche. Les détonations qui rythment les échanges...

UN EFFET STROBOSCOPE QUI LUI RAPPELLE SES NUITS HARDCORE. 39ᵉ jour.

Dans les lunettes à vision nocturne volées à l'ennemi deux jours plus tôt, il fixe ce soldat posté derrière le check-point. Son visage blanc-vert, ses yeux comme des billes de lumière,... Il place son front au centre du viseur. Le tir est sec, sexe d'acier explosant la boîte crânienne, la tête fléchissant en arrière jusqu'à disparaître derrière les sacs de sable. En première ligne, on ne choisit pas son adversaire.

Bertrand fait une sorte de prière: « Qu'il repose en paix quelque part dans tes camps de concentration de l'au-delà »

La riposte est immédiate. Il rampe jusqu'au vasistas de la cave. Il y balance son arme avant de forcer ses larges épaules. Chute dans la poussière soulevée par son corps lourd. Les étincelles, les traits brillants des dizaines de balles ennemies qui fendent l'air font un effet stroboscope qui lui rappelle ses nuits hardcore des années 90. Siècle dernier, jeunesse éternelle, liberté sublime. Guerres de tranchées en cours de préparation. Il y avait de l'oxygène, de la liberté, il y avait l'insouciance d'une démocratie que l'on pouvait réinventer, améliorer, bien loin du présent lourd qui n'offre que des rangées de produits par millions comme seul horizon. Ligne de fracture. Des éclats de briques frappées par les balles couvrent son corps. Pierre déboule en rampant, essoufflé:

« Putain Bertrand, t'es complètement taré ?! Pourquoi t'as buté ce troufion ?!

- J'avais juste envie que ces chiens de médias carpettes parlent de ce si gentil soldat innocent et pur marié et père d'un petit garçon blablabla abattu par un méchant terroriste barbare et dégueulasse... »

Ils se marrent dans le crépitement assourdissant des tirs ennemis.

Le bruit des autres, celui des murs, de leurs pas dans le sol, de leurs cris, leurs rires, leurs engueulades. On est surtout le fantôme des autres. Il n'y a qu'à regarder leurs gueules à travers les pare-brises de leurs bagnoles. Parer briser. Le bruit des autres. Leur silence. Leurs faces de merde, de gens "biens", de gens "normaux", de gens... Bertrand nettoie son arme sans prêter attention aux déflagrations du combat.

« J'ai abattu ce gars comme je baise de force une fille qui fantasmait sur moi.

- Tu veux dire quoi par-là?

- Je ne suis pas le plus moche alors j'attire quelques meufs. Y'en a beaucoup qui ont envie de toi dans la globalité, qui veulent partager des moments, des mots, des câlins, des regards, des repas, une vie... Toutes ces conneries, tu les vois dans leurs yeux. Dans leurs tenues. Toi tu penses que le vernis, le rouge à lèvres, la jupe, les talons servent à te faire grimper la queue, mais non pas que... C'est plus que ça. Faut mettre tout un attirail d'attitudes pour les exciter vraiment... »

Une balle perçante ricoche sur le coin du vasistas avant de se planter dans le dossier du fauteuil sur lequel il est vautré. Il s'empresse de s'asseoir sur le sol suivi de Pierre qui reste accroché à ses lèvres :

« Alors ?

- Alors quand je vois que la fille attend tout son tralala de séduction, je grille toutes les étapes et je la baise avant même d'avoir mis les pieds dans le restaurant où je l'ai invitée.

- Tu la violes quoi...

- Nan, j'écourte le protocole... »

Son rire égale la puissance sonore des échanges de tirs.

« Quand j'ai buté ce putain de troufion ce matin, je l'ai fait parce que je sentais qu'à force de me regarder derrière mon sac de sable, il commençait à ramollir. Il devait se demander quel genre d'enfoiré j'étais... Faut pas commencer à projeter son esprit dans l'autre sinon on devient sa chose. Les sentiments, ça assèche la vigilance, ça salope l'esprit de vengeance, ça éteint le désir animal, la force brutale, l'énergie première... Quand les ancêtres chassaient le mammouth, ceux qui allaient tuer la bête l'observaient, pas pour admirer sa fourrure et son regard d'abruti mais pour déterminer l'angle d'attaque le plus approprié pour l'abattre... C'est ce qu'on doit préserver dans notre République: l'instinct de survie, la démocratie des affamés rageurs. Allez lève ton cul, fin de la pause, faut retourner se battre »

LA SUEUR DÉVOILE DES NÉBULEUSES GRISES. 42e jour.

« Tu es une salope comme toutes les autres. Mais t'as un truc en plus, un sursaut, je ne sais pas, t'as un peu la bouche pâteuse quand tu jouis et tu trimes dur avec tes hanches. T'es plus accessible, t'es plus ouverte, t'es cool.»

Les draps couvrent leurs deux corps. La sueur dévoile des nébuleuses grises, des comètes jaunes. Il avale son whisky par petites saccades nerveuses.

« Faut vraiment que je me lève. J'ai trop bien baisé mais il faut que je contrôle.»

Sa grande silhouette athlétique trace une ombre immense sur la dalle bétonnée du grenier. Il fait quelques ablutions dans le pot de chambre transformé en lavabo de fortune

DE LA VIANDE MOLLE GORGÉE D'EXCITATION. 45e jour.

Bertrand sort de sa gueule de bois pour déblatérer encore, à poil sur le matelas trempé moisi, il fait des gestes désordonnés avec ses longs bras aux muscles saillants.

La lueur de la bougie dévoile un visage de moitié crispé par la colère et la souffrance. Son sexe s'écoule long sur sa cuisse droite, serpent mort qu'il frappe violemment avec la paume de sa main:

« Mais c'est juste ça, c'est simplement ça ! La bite ! Elles disent qu'on pense qu'avec ça, c'est faux ! On pense avec la terreur des nuits, des coups de queue qu'on foirerait juste au bord d'un rendez-vous galant. Tous ces bâtards de militaires nous tirent dessus parce qu'ils ont une bite ?! Non ils le font parce qu'ils ont une femme, une copine, parce qu'ils pensent qu'ils vont les défendre, les protéger ! Et elles demandent que ça ! Que leur Jules fasse la basse besogne, qu'il soit une bête féroce pour protéger leurs frêles corps tremblant de peur! Ils le font ! Ils butent, ils battent, ils combattent, ils gagnent des diplômes, du pouvoir, des territoires, des océans pour leur femme, leur moitié ou même pour cette pute pas trop chère qui a pris le temps d'écouter leurs lamentations après un fist-fucking à moins de vingt billets ! Des bulles d'air dans la tête, des papillons morts dans le ventre mais rien d'autre dans la bite que du sang, des veines, de la viande molle gorgée d'excitation ! Rien ! Pas même un message en morse entre le gland et le cerveau ! Rien... Juste la compagne, la mère des enfants, la pute ou la future petite amie. Ils tuent pour ça, ils cassent leurs cerveaux pour ça, ils boivent, ils se piquent, ils se tuent dans des accidents de bagnole pour ça ! Juste pour ça. Leur bite est juste une excroissance molle qui part en feu aussi légitimement qu'une vulve explose de fureur ! J'en ai marre. Je vais tuer tout le monde. Je vais détruire notre République et je le ferai pas parce que ma bite l'a commandé mais parce que je n'ai aucune femme sur qui compter »

Il enfile son jean blanc. Torse nu, sans chaussures, il monte les marches trois par trois, attrape son fusil d'assaut et se plante au milieu de la rue, l'arme soulevée vers le ciel... Les soldats ennemis ajustent leurs viseurs, index prêts à déclencher le tir. D'une voix rauque et spectrale, Bertrand leur balance:

« Butez-moi puisque vos salopes de femmes et votre chienne de nation vous l'ordonnent ! »

C'EST POÉTIQUE UN MEC MORT – 48ᵉ jour.

La balançoire grince. Son mouvement de balancier est léger, régulier, provoqué par le vent chaud venu du Sud. Morgan paraît serein bien que sa tête soit penchée vers le sol. La rigidité cadavérique tient les mains parfaitement accrochées aux deux cordes bleues. Ce miracle fascine Bertrand, assis sur une chaise en osier à la fenêtre de la cuisine, les bras croisés supportant le menton.

« Faudrait penser à l'enlever de là. T'as fait des photos ?

- Ouais.

- On va les foutre sur internet. Ça va faire le buzz. C'est poétique un mec crevé qui fait de la balançoire. On le décrochera plus tard. Je me dis qu'on pourrait le laisser comme ça. S'il n'y avait pas les vers et les mouches pour lui grignoter la putréfaction, je le laisserais sécher là. Je l'aimais bien Morgan. C'était un dingue, un bienheureux. La preuve ! Il s'est pris une pêche en plein cœur alors qu'il faisait le con là-dessus pendant que ça bastonnait! »

Les échanges de tirs ont cessé depuis près d'une heure. La rue, bien qu'un peu plus grignotée par les combats, a retrouvé sa quiétude habituelle.

« On devrait inventer un gel qu'on répandrait sur les corps là où ils sont morts. Un produit capable de vitrifier instantanément le défunt. On ferait ça pour tout le monde et on serait obligé de détourner les routes, de construire de nouvelles chambres d'hôpital, de nouvelles églises, immeubles... Il y aurait des gens morts sur d'autres gens morts, et des gens morts sur toute la surface de la planète. En quelques décennies, la croûte terrestre serait couverte d'une couche d'humanité morte. Il serait interdit de modifier leur place, de les toucher après vitrification. Quand on y pense, conserver les trépassés en l'état changerait le monde. Peut-être qu'enfin ces crétins de consommateurs auraient la nausée. On pourrait écrire la cause de la mort sur un panneau planté sur le ventre ou le thorax ou une cuisse si le type n'a plus de tronc »

Il inspire fortement. Relève la tête.

« Je suis un avant-gardiste. Tout ça se fera un jour. Je suis un doux rêveur peut-être... »

CE N'EST PAS PARCE QUE T'ES PAS CLASSE QUE T'ES PAS DÉSIRABLE. 51ᵉ jour.

Pendant que cette grosse dame livide se fait labourer le sein gauche par un chat noir au regard vitreux, Bertrand retire les balles de son arme avant de les remettre dans leur compartiment de façon presque explicite.

« C'est quoi ton nom ?

- Jacqueline.

- T'as quel âge Jacqueline ?

- On ne demande pas son âge à une dame quand on est un gentleman.

- Je suis classe avec les femmes classes. Toi c'est pas le cas. T'as quel âge ? »

Elle ravale une envie de pleurer qui lui exorbite ses prunelles bleues.

« 54 ans.

- C'est pas parce que t'es pas classe que t'es pas désirable. Tu sais quoi ? Non tu ne sais pas. Quand tu survis à deux ou trois batailles qui canardent bien, tu te sens ultra puissant, ultra invulnérable et surtout tu as des envies de baiser de malade »

Elle attrape le chat qu'elle balance aussi loin que possible. Le cri strident de la bête couvre les mots de Jacqueline. Bertrand se lève et la suit tandis qu'elle s'engage rapidement dans le couloir obscur de la maison.

Les chants d'oiseau. Les rires de joueurs de belote. Le grincement de la balançoire portée par le vent chaud soufflé par le sud.

LA CROUPE EST PLEINE. 54ᵉ jour.

« La croupe est pleine » suivi du rire gras de Bertrand réajustant son jean blanc, torse nu musclé, triomphant, une beauté massive très seventies, pieds nus impeccables... A croire que les combats agissent sur lui comme une fontaine de jouvence. L'Indien pompe son calumet, le regard noir tendu posé sur Bertrand :

« Qu'est-ce t'as à me regarder comme un serial killer le Peau Rouge ? J'ai fait ce que j'avais à faire. On a beau dire, les filles des magazines, les beautés du dancing, les bimbos du camping et les péteuses surfaites des réseaux, ça vaut pas une sangsue grassouillette et au corps pas vraiment symétrique. Elle était réticente, et alors ? Ça fait des millénaires que c'est comme ça. Avant de se décontracter, si tu vois c'que je veux dire »

Clin d'œil rigolard lourd de sens.

L'Indien avale une bouffée de fumée sans piper mot, l'air menaçant, réprobateur mais calme.

« Elle est veuve. Elle est coincée là. Ils peuvent toujours dire que les « civils » sont des otages, c'est des conneries. Nous aussi, on peut blablater des conneries. Et après tout, et si ce n'était pas leur Etat, leur fausse démocratie, leur économie de horde qui prenaient en otage tous les civils vivant sur leur territoire ? On l'a été nous aussi hein ! L'Indien, on en a chié, t'es même allé dans leurs geôles. Et pourquoi ? Parce que t'as buté un de leurs flics ! Ouais, un flic. Un père de famille, honnête, papa d'un ou deux gosses en bas-âge pour faire pleurer dans les chaumières. Mais le gentil papa, il portait un putain d'uniforme, il bossait pour eux, n'est-ce pas l'Indien ? Il s'est mis en travers de ton chemin pour protéger les biens de ses maîtres. Vlan, balle dans la tête. Il a voulu faire la guerre, il a perdu.

- Cette femme, ce n'est pas un flic à leur solde.

- Qu'est-ce que t'en sais ? Elle était dans la Rue de Notre République à notre arrivée ! Mais qui dit qu'elle ne bossait pas pour eux ? Ils sont tous tellement contents d'avoir des parcs d'attractions, des crédits à la consommation, des victuailles à s'en faire péter les artères, des bagnoles-bélier pour défoncer l'ordre de la nature et de la planète ! Elle aimait bien ça. Elle vivait ici, on s'est pointés et elle est chez nous, sous notre régime. A cinq cents mètres au nord, au sud, à l'est, à l'ouest, on a des lignes de troufions et de gradés ennemis prêts à nous dérouiller. Ils peuvent dire que c'est une otage, s'ils veulent. Ça nous arrange, ça évite les bombes de 250kg sur la gueule balancées par leurs Rafales... Quand ils comprendront que Jacqueline... « l'oooo-taaaa-geee » en redemandait encore quand je la baisais, ils enverront les chars et l'aviation et ils raseront le village tout entier... Otage ou pas otage. C'est comme ça. Profite ! Elle est encore sur le pieu, elle transpire comme un bœuf mais tu peux prendre ta part ».

L'Indien crache par terre. Son regard toujours aussi noir. Il se lève de sa chaise, pipe au bec et se dirige vers l'entrée de la maison sans plus fixer Bertrand. Ce dernier s'esclaffe : « Eh tu vois hypocrite ! T'y vas aussi ! Mets-lui la misère à la squaw ! »

Un tir isolé fracasse la plénitude de cet après-midi chaud. Aucun des combattants ne réagit vraiment. Après plusieurs semaines de siège, les habitudes s'installent. Chacun distingue désormais une détonation hostile d'un tir crétin.

JE CROIS AUX REQUINS, AUX LÉZARDS, AUX SCORPIONS, AUX... 57ᵉ jour.

« Imagine, on était tellement dans le confort et la profusion qu'il y avait des concours de Miss Obèse et des émissions de cuisine à gogo ! On bouffait comme on gavait des oies. On disait « les arts de la table » quand nos grands-parents bouffaient un pot-au-feu à tous les repas pendant quatre jours. On était tellement intoxiqués à la bouffe en quantité industrielle qu'on osait dire à la pause de midi : « Putain j'ai trop faim, j'ai trop la dalle, je vais m'évanouir si je ne mange pas », comme si on avait ingurgité une pomme de terre et un quignon de pain sur les deux derniers jours... On croupissait tellement dans notre médiocrité, qu'après avoir payé le loyer, rempli les placards, saturé la baraque d'écrans, galopé dans une bagnole, sur une moto ou un biclou, on répondait à « Comment tu vas ? » par « Ben je survis ». C'est dingue quand tu y penses.

- C'était cool ça.

- Ah ouais tu trouves ? On niquait la planète et on bousillait nos défenses naturelles.

- Ouais mais c'était cool.

- Le reste du monde vit encore comme ça. Y'a que dans Notre République qu'on a balancé toute cette merde.

- J'aimais ça. Mais c'est vrai qu'il ne faut pas y revenir. On essaie un nouveau monde, mais je sais pas si on va y arriver »

Bertrand marque un temps.

« On va sûrement se faire déchiqueter. Mais on aura essayé. A la radio, ils disent qu'on est des terroristes.

Tout ce qui n'est pas avec eux et qui leur résiste à coups de pompes, c'est terroriste.

- On peut y arriver.

- J'en doute fort. Sur les réseaux sociaux, les fachos et les gauchos sont aussi ligués contre nous. Ils sont rongés jusqu'à la couenne par la propagande. Les identitaires n'ont plus de Dieu, ou alors un dieu à la petite semaine qui n'engage pas à grand-chose. Alors ils ont leur mythe à eux : la Nation. Ils ne peuvent pas saquer les bourgeois, et pourtant ce sont les bourgeois qui ont inventé la nation pour mettre au pas ces petits nerveux à la spiritualité low-cost.

- Et alors, on ne va pas plier devant eux.

- Et t'as les gauchos. Pareil. Eux ils ont tué Dieu, pas bien, pas concret, pas assez de gauche pour eux, pas assez cool. Y'a qu'avec un exta ou un splif qu'ils se frottent à l'invisible.

- C'est des clichés.

- Nan, ils ont remplacé Dieu par l'Humanité. Ils CROIENT en l'humain. Ils me font marrer. Aussi cons que leurs ennemis fachos. L'humain : Hitler, Staline, Napoléon étaient des humains, ils incarnaient d'ailleurs toute l'Humanité : salope, putain, criminelle, avide, jalouse, cannibale, psychopathe, hypocrite, diabolique...

- Il y a aussi du bon dans l'humain.

- Tu vas me sortir l'Abbé Pierre, Mère Teresa, la vieille fille qui nourrit des chats ou l'étudiant qui passe ses vacances dans une association humanitaire. Bollocks. Moi je crois aux requins, aux lézards, aux scorpions, aux rats, aux virus et aux bactéries. Je crois en l'Univers, je crois en l'immensité, au temps qui forme une gigantesque ceinture tout autour de nous. Le passé est le futur. Le futur est notre passé. Notre présent est un hameçon pour nous tirer vers la cible.

- Quelle cible ?

- Le vortex.

- Le vortex ?

- C'est de là que nous venons et par là où nous repasserons... En attendant, ici, maintenant, l'instant, l'hameçon, c'est Notre République, c'est open-bar... Amène-moi encore mon petit soldat. Bastien.

- Encore ?

- Oui amène-le. Je gère le stress. Il m'apaise ce petit con.

- C'est un prisonnier. On devrait le traiter selon les principes de Notre République.

- Notre République s'applique à nous. Pas à l'ennemi. Amène-le, je suis chaud »

Il ne faut pas plus de cinq minutes pour que le jeune pénètre dans la chambre. Bertrand est nu. La queue dressée : « Viens là mon petit soldat. Je vais te véhiculer quelque part. Tu m'en diras des nouvelles »

A LA RADIO, ILS PARLENT DE TERRORISTES. 60ᵉ jour.

« Je transpire, je suis poisseux, dégueu, mais qu'est-ce que je suis bien mon copain ! Mon soldat ! Mon tapin contraint... Arrête de te frotter le cul comme ça. Le sang, il cessera tout seul. Tu vas cicatriser si je t'en laisse le temps, c'est tellement bandant de t'avoir sous la main. Je sais qu'ils désapprouvent. Je sais que tes amis dans ton camp me traiteront de barbare, de monstre, de « pas humain », en attendant, tu bandes aussi, tu gicles aussi, et t'es bien heureux que je te finisse dans ma bouche. Ok, t'es en cellule. Mais tes autres copains en cellule n'ont même pas le droit à une récréation. Ici, tu jouis, t'as du café, des clopes et tu partages mes boîtes de thon et de petits pois »

L'air pique, violentant les corps. Tout est calme. L'artillerie se prépare sans doute, verrouillant un peu plus la micro-République. A la radio, ils parlent de terroristes. Les terroristes n'ont pas de visage, ou tout juste des photos hideuses diffusées en boucle, plus d'humanité, plus de combats, de fêlures. Ils sont les faire-valoir du système, la pitance pour les esprits faibles shootés à la consommation. Ils sont l'artifice, «l'ennemi » qui terrifie. Ils sont la caution à l'autoritarisme sécuritaire et au conformisme globalisé.

« Ils sont géants par leur puissance mondiale tentaculaire, mais tellement microscopiques par l'esprit. Voilà pourquoi nous sommes là. Ils pourront nous traiter d'animaux, de monstres, de ce qu'ils voudront, nous sommes une colonie de streptocoques se baladant dans un corps moribond, rongé par la maladie, par la puanteur, par les escarres, les tumeurs. Nous venons mettre un point final à l'agonie. Qu'ils ne nous donnent pas de nom, qu'ils effacent nos identités dans les médias, dans toutes les couches de la société, nous n'en avons strictement rien à foutre. Nous sommes l'avant-garde de la destruction finale. Ce n'est pas nous qui les anéantirons totalement. Ils crèveront tous dans leur propre merde, toutes les classes moyennes, toutes les classes riches et tous ces petits soldats des classes populaires aussi flasques que des limaces. Ils ont commencé. Ils tirent sur la corde. Ils disent ce qu'ils veulent. Nous n'invoquons pas leur indulgence, leur compréhension, leur compassion, ce sens de la justice qu'ils revendiquent pour eux-mêmes mais jamais pour leurs ennemis. Nous ne demandons rien à tes copains. Ils peuvent réprouver le fait que je me vide dans ton cul, ils pourront dire que c'est du viol, ils diront tout ce qu'ils veulent. Leurs soldats, tes collègues, n'ont pas boudé leur plaisir dans les pays où ils sont allés combattre, baisant en douce les jeunes femmes, leur offrant du Coca, des chewing-gums et des promesses de vie en occident. Vous et les soldats de ton camp, vous prenez, vous vous servez avec l'aval de vos institutions internationales corrompues, asservies, à la charrette de la pieuvre mondiale que vous défendez »

Son corps ruisselle. Bertrand claque des doigts pour ordonner que l'on vire Bastien de sa chambre. Dans le jardin, un combattant s'est endormi sur un transat jaune poussière. Son arme déposée sur la palissade en bois. Son prénom est David. Mais l'ennemi l'appelle Dangereux. Près de lui, une combattante. Son arme déposée contre la rambarde du petit escalier par lequel on accède à la maison. Du même âge que David : vingt ans. Son prénom est Léa. Mais l'ennemi l'appelle Dangereuse.

SON ARME AUTOMATIQUE EST UN SEXE QU'IL LUSTRE AVANT LE COMBAT. 63ᵉ jour.

« Je n'étais pas prêt et comme un con, j'avais pris une douche le matin avant de partir au boulot alors que la consigne était de ne pas se laver au minimum trois jours d'affilée. Sur le parking d'une zone industrielle, pendant le brief de six heures et l'inspection générale, l'un des majors a relevé que je sentais le shampoing. Je me suis excusé. Il a gueulé avant de dire que c'était ma dernière journée avec eux. J'avais tellement besoin de thunes que je ne suis pas parti sur le champ. Dans sa poche, ce gros lard avait un spray de senteurs pestilentielles, un mélange sueur/merde séchée/pisse dans les fibres de 24 heures d'âge. « Vaporise-toi ça sur tout le corps ». Ce que j'ai fait. Sauf que ce produit qui sortait de je ne sais quelle usine de maboules, dégageait plutôt une odeur immonde et très chimique, un peu comme ces chips dégueulasses qu'ils faisaient « au bacon », « façon ch'ti » ou « chèvre chaud ». Tu avais quelque chose qui ressemblait au goût choisi mais pas vraiment. Il y avait toujours cette arrière-saveur chimique, toujours la même qui criait avec des grandes dents : « On va te distribuer du cancer pauvre abruti ! » Bref, à 07h00, j'étais à mon poste. Le centre commercial n'ouvrait qu'à 09h00 mais il fallait déjà agir pour orienter la clientèle. Nous étions dix-sept faux SDF, canette de 8/6 à la main à fumer des vieux mégots et à parler comme des ivrognes dans la rue qui nous était destinée.

- Mais pourquoi ne pas prendre des vrais clochedus ?

- Problèmes de discipline. Les mecs étaient trop déglingués du ciboulot et surtout, ces grandes gueules auraient raconté aux passants qu'ils bossaient pour des enfoirés.

- C'était qui l'employeur ?

- Une boîte d'intérim.

- Oui mais pour qui ?

- Un centre commercial concurrent. T'as compris l'idée. Tu balances une bande de faux pestiférés et la décote commerciale est immédiate.

- Je n'y crois pas.

- Je te jure.

- Mais vous étiez des putains de fauchés. Y'avait un risque de mecs qui balancent le secret.

- Tu es fou. Personne ne pouvait l'ouvrir. Le dirigeant de ce centre commercial était un ancien étudiant d'école de commerce de la pire espèce. Il s'était allié à deux chefs de quartier qui veillaient sur nous.

- Putain la mafia...

- Nan, le capitalisme. L'ordre du monde... Mais tu vois, ce dernier jour passé avec ces odeurs immondes sur moi m'a un peu plus renforcé dans mon idée que j'en n'avais plus rien à foutre de ce monde et encore moins de le changer »

Les légumes fanent dans le potager. Il n'y a pas eu assez de pluie cet été. Sur un tas de terreau flanqué de mauvaises herbes, une pie vorace picore les lambeaux d'une chemise encore imbibée de sang séché. Sur le sèche-linge, des sacs plastique troués par les balles pendent et s'agitent au gré de ce vent perpétuel. Bertrand aime baratiner. Les guêpes glandent sur les fleurs rouges qui bordent l'allée principale. Un lézard sur la façade sud de la maison dessine une virgule à pattes. Le crépi craquelle. Les gouttières décrochées pendouillent, serpents de cuivre scintillants. Le merveilleux d'une rue du chaos, une rivière claire dans un espace-temps charbonneux. Des chiens mouillés rangés aboyant sur ses rives.

Bertrand est satisfait de lui. Ce jeune combattant, Julien, est subjugué par son mentor. Son arme automatique est un sexe qu'il lustre avant le combat. Qu'il patine. Qu'il effleure. Qu'il prépare. Qu'il braque. Bertrand traine en slip, regarde par la fenêtre sans vitres aux cadres de bois explosés. Les carcasses de voitures dégagent encore des odeurs de carburant et de plastiques brûlés. La société post-industrielle s'est endormie ici.

« Plus on bossait, des emplois plus merdiques que ceux de la fin du XXème siècle, et plus on croupissait. Plus on se donnait et moins on savait où on allait. On n'était pas dans la souffrance comme tous ces Africains qui crevaient la dalle, mais on n'avait pas assez pour imaginer prendre une navette spatiale direction Mars. Et puis quoi ? Au sud, on n'avait qu'à gratter le sol pour bouffer des cailloux. En Occident, on avait la promesse d'un voyage interstellaire de six mois, bombardés par des particules, pour finir par atterrir au mieux brûlés à vif, au pire le fion gros comme une queue de limace remplie de tumeurs dégueulasses. Quel rêve ultime !»

QU'UNE ALTERNATIVE AU CAPITALISME : NOTRE DISPARITION. 67e jour.

Bertrand déboule dans la cave, il ouvre la porte de la cellule 1. Il tire une balle entre les deux yeux de l'un des quatre prisonniers.

« L'urne était pleine. J'avais besoin de baisser la pression ».

Le corps est traîné par un combattant et lui-même. Le combattant est Loïc, un lycéen idéaliste qui rêve de mettre le capitalisme au sol.

« On traîne le cadavre du capitalisme mon petit ».

Le corps pèse très lourd. Les morts semblent scellés au sol et, sans une force herculéenne, il est impossible de les détacher de l'endroit où ils gisent.

«Ne dis rien aux autres pour l'instant ».

Trop tard. Les cris des autres prisonniers ont attiré l'attention des combattants en faction aux abords de la maison. Ils regardent les deux hommes tracter le macchabée vers l'arrière-cour de la maison.

Des misères. Des odeurs d'arbres blessés par les balles. Il dépose le soldat mort à côté d'un bac à fleurs.

« Va chercher du whisky, de l'huile de vidange, de l'alcool à 70. En quantité. On va le flamber »

Pendant que Loïc court tel un zombie à la recherche de produits inflammables, Bertrand use de ses dernières forces pour entraîner le corps dans le petit cabanon où s'entassent pelles, bêches, râteaux et outillages. Il est essoufflé. La sueur luit, il ressemble à un gogo-dancer sensuel et brutal, une bête de sexe assoiffée de jus de corps. Il crache dans les paumes de ses mains qu'il essuie ensuite sur les pans de son jean blanc. Des traces roses tâchent le coton. Il siffle. Loïc approche. Ils répandent le contenu des bouteilles sur le corps, s'éloignent avant de jeter un torchon enflammé. Le feu de guerre, et le feu de joie, une vie terrestre calcinée de plus. La République s'étire vers le ciel en un panache de fumée noire à l'odeur de viande brûlée. Les soldats ennemis, check-point du nord, tirent des rafales en direction du brasier, là où se consume leur collègue, leur partenaire, leur alter-ego.

« Tout est foutu. Me suis dit ça aujourd'hui. Oui il y a l'abus d'alcool, les viscères qui font mal à force d'avoir la chiasse. L'estomac traversé de part en part par les flèches ulcère. Je baise plus pour oublier que je ne vais nulle part. Je baise parce que c'est un antidépresseur. Je bois parce que c'est un antidépresseur. Je tue parce que c'est un antidépresseur... Plus besoin de psy, de médocs, rien. Ce n'est pas de bousiller des vies ou la sienne qui plonge dans le naufrage de la dépression, c'est l'oisiveté, la soumission, c'est le confort obligatoire, l'absorption incessante de produits industriels, c'est de ne pas chasser, de ne pas sentir la mort, la voir, en être dégoûté jusqu'à la gerbe avant de s'y habituer, du moins s'y accoutumer. C'est de se croire immortel sur Terre jusqu'à ce qu'un proche crève, en faire tout un cirque, un deuil d'une vie quand une femme sur deux mourait en couche, qu'un enfant sur deux crevait avant l'âge de cinq ans quelques décennies en arrière. On y revient. Ce monde assassine des assassins qui assassinent des futurs assassins. Les médecins, la recherche, les industries pharmaceutiques, agro-alimentaires sont des assassins, des innocents. Tout le monde tue, tout le monde sauve. Mais personne n'accepte la mort, le crime comme seul antidépresseur »

Loïc le fixe. Les flammes très hautes, bruyantes, puissantes calcinent l'intégralité du cabanon et du corps. Les balles fusent plus loin. L'ennemi s'inquiète, s'interroge sur la cause de cet incendie. Loïc est triste :

« Mais ici, on se bat pour un monde meilleur. Au moins pour essayer autre chose que ce capitalisme de merde.

- Tu es jeune. Pour créer cette République, il a bien fallu que j'attire tous ceux qui étaient prêts à mourir pour une cause. Non, mais non, sûrement pas non. On ne changera rien. Le monde est extrahumain, est au-dessus des hommes. L'Histoire est le récit chronométré et parcellaire de ce qui n'existe plus mais qui justifie que nous continuions à être d'immondes prédateurs et destructeurs. On ne veut pas changer le monde. On veut revenir au meurtre sans peine, à la nature propre de l'Homme. Nous ne voulons pas changer le monde, nous tentons une expérience locale pour la démultiplier à grande échelle. Nous sommes au bout du bout. Il n'y a qu'une alternative au capitalisme : notre disparition. Et je compte en profiter, vivre tout ça jusqu'à la dernière seconde, jusqu'à ce qu'une de leurs putains de balles me transperce le corps »

Les yeux de Bertrand sont injectés de sang. Les yeux de Loïc remplis de larmes. Il soulève son arme qu'il braque sur le ventre de ce mentor au regard fou.

« Mais tu fais quoi Loïc ? Petit con ! Tu veux me buter ? Mais vas-y merdeux ! »

D'un geste rapide, brutal, précis, Bertrand chope le canon, saisit le poignet de l'adversaire et le casse d'un coup net. Le cri de douleur dure à peine cinq secondes. Bertrand loge une balle dans le cœur du jeune homme qui s'effondre avec un rictus de clown imprimé sur la face. Une seconde dure des heures. Aux instants figés succèdent les mouvements saccadés. Le corps de Loïc est à son tour jeté dans les flammes. Les bras levés vers le ciel, fixant d'autres combattants paralysés par l'effroi, il lance : « La République, c'est moi ! »

NOUS BÂTISSONS LA FIN DU MONDE. 67ᵉ jour. Deux heures plus tard.

« Quoi ? Qu'est-ce qui s'passe ? Y'a un problème ? »

Bertrand pointe un à un la dizaine de combattants qui l'entourent. Le feu continue à croquer l'air, à chauffer les chairs, pores par milliards mués en geysers crachant la sueur...

« Me cassez pas les couilles ! Ce merdeux a tenté de me flinguer ! Tout le monde devient taré ! Je ne laisserai personne foutre la République par terre ! Personne !»

Les soldats ennemis ont cessé de tirer. Spectateurs étonnés du brasier. Les lignes de force gesticulent, s'organisent. L'état-major est prévenu. Sans doute la presse aux ordres retranscrit-elle à la lettre les informations filtrées/sélectionnées par les hauts fonctionnaires en charge de la « liberté des citoyens ». Tout est sécurité. Tout est en coton-acier, tout est sous cellophane, sous air conditionné... Tout est fini, terminé, achevé. La rue des Moires et la quarantaine de maisons qui la bordent sont prises dans l'étau. Les cent trente-cinq combattants de la République encore vivants sont épuisés. Déjà neuf semaines de siège, d'assauts, une centaine de morts de part et d'autre. La pleine lune est de retour : vaisseau mère acnéique géo-stationnant dans le ciel bleu foncé. La nuit qui vient s'annonce difficile. Une dizaine d'hommes et de femmes balancent leurs armes au sol et rejoignent la rue principale, dans la ligne de mire des viseurs ennemis. Le leader de ce groupe porte un drapeau blanc. Il engage une marche vers l'ouest, le check-point le plus proche. Mains en l'air, visages crasseux, vêtements souillés, déchirés, miteux. La petite bande de zombies avance vite. Bertrand leur ordonne de rester :

« Restez ici ! Notre République, c'est jusqu'à la mort ! Ils vont vous dézinguer comme des merdes ! »

Ils chevauchent un premier remblai de goudron et de terre. « On se rend ! » En face, un officier leur ordonne d'avancer doucement, toujours les mains en l'air. La fumée du cabanon et des corps entièrement calcinés s'est muée en panaches gris serpentant entre les barricades, les cadavres de voitures, les bâtisses dépenaillées par les combats. Ils sont dix brutalement saisis par des hommes en armes qui les menottent immédiatement au sol, lâchant quelques coups de poing et de talon sur ces visages amaigris. Le rêve s'arrête là pour eux. Les hélicoptères rôdent, bruyants, puissants. Insectes d'acier géants prêts à se ruer sur leurs proies.

Bertrand est seul dans le salon de « sa » maison. La bouteille de whisky est déjà à moitié vide. Par intermittence, il entend les cris des prisonniers survivants. Bouche pâteuse et paupières lourdes, avachi sur le canapé, sa voix rauque secoue l'obscurité de la pièce : « J'ai pas demandé à ce qu'on me fasse chier ».

L'Indien est en faction à la porte d'entrée. Il n'y a que le long couloir noir qui les sépare. L'Indien est accroupi, fusil à la verticale tenu entre ses genoux :

« Bertrand, on est au bout du bout.

- Je ne crois pas.

- Putain, y'a des déserteurs, des cadavres partout. Les autres ne vont pas tarder à se rendre aussi.

- Alors on sera tous les deux et on tiendra tête à toute l'Humanité s'il le faut.

- Ouais. Tu peux compter sur moi. »

La planète entière se déforme sous les coups de cet atome fou qu'ils appellent leur République. La planète prend la forme d'un haricot, goutte d'eau seule dans l'espace bombardée en son centre par l'atmosphère d'une planète géante défonçant le système solaire. Et si les pôles s'inversaient enfin... L'Indien garde un œil perçant braqué vers la rue :

« Il y a quatre points cardinaux auxquels on se rattache. La Terre est peut-être ronde, peut-être plate... Peut-être même qu'elle n'existe pas. Mais ces points cardinaux donnent le sens de notre mouvement. C'est d'ici, de Notre Minuscule République que nous devons partir pour rejoindre les quatre coins du monde.

- Exactement l'Indien. Et c'est cette quête vers les au-delà accessibles qui finalisera tous nos projets.

- Nous construisons la fin de tout.

- Nous bâtissons la fin du monde.

- Nous franchirons les frontières encore inconnues de la planète.

- Nous les traverserons l'Indien. On dit qu'au-delà de chacune des frontières du bout du monde, il existe une autre vérité.

- Quatre vérités qui forment le sens de toute l'Histoire.

- Et de sa fin l'Indien... L'Histoire et sa fin... »

Leurs voix forment un chant lancinant fondu dans celui des feuillages secoués par le vent et celui des grillons.

LE GRENIER EST À JAMAIS LA PIÈCE DU PENDU. 70e jour.

Le grenier est à jamais la pièce dédiée à la corde au pendu. Tapi dans l'ombre, l'Indien aspire une grosse bouffée de son calumet. Il cligne lentement des yeux dans le temps suspendu de son filin spectral. Le sac à dos est prêt. Bertrand n'a plus qu'à y glisser le schéma du monde qu'il a dessiné sur du papier de boucher :

« Je ne suis pas de ces chiens qui rêvent de vierges putes au paradis tout comme je ne suis pas de ceux qui égorgeraient un patron pour défendre leur anarchisme autoritaire. Je ne suis pas non plus, tu le sais déjà l'Indien, de ceux qui défendent un drapeau, une putain de pseudo-culture millénaire... Tous ces gens qui se réclament d'une lignée de virus mortels et néfastes me répugnent... Je ne vais pas me jeter par la fenêtre arme au poing, et me faire trouer la panse par ces connards cagoulés surentraînés... Je ne les laisserai pas faire. J'ai ici la carte l'Indien. Toi, tu vas prendre cette corde, tu vas la nouer à ton cou puis tu sauteras de la petite chaise. Ta respiration sera coupée mais surtout tu vas mourir d'un coup net lorsque tes cervicales péteront sous le poids de ton corps chutant vers le parquet. Je détaille. Tu grimaces. Tu vas le faire. Et je vais partir. Sur ma carte du monde, il y a les quatre frontières. Tu refuses de me suivre, mais je te le dis, là-bas, il y a un peu plus qu'une micro-République assaillie par le monde des déjà-morts »

Le carillon fonctionne encore. Il l'a remonté ce matin. Il est 22 heures. Le jour est encore là, flambant/crépusculaire. Dans trois heures, il quittera la maison par la trappe. Ça sent la mort. Ça sent la liberté. Ça sent la disparition. Ça sent le renouveau.

L'Indien monte sur la chaise. On ne fixe que ses pieds énormes et sales. On entend les fibres de la corde sur son cuir chevelu, sur la peau de son cou. On perçoit un petit raclement de gorge...

LEUR NATION GRIGNOTÉE PAR LE CAPITALISME. 73e jour.

La saveur têtue des épices dans la sueur presque séchée du combattant abattu. Bertrand est seul dans la maison... Seul avec les deux prisonniers encore vivants croupissant dans leurs cellules. « J'ai moins envie de Bastien depuis qu'il pue la pisse, la merde, la crasse... »

Haut-parleur, voix qui grésille : « Rendez-vous ! Et libérez les otages... »

Il savoure une cigarette après une énième branlette salvatrice. L'Indien est là, presque translucide, adossé aux rideaux déchiquetés dansant au vent chaud. Personne ne tire. Il est dans l'encadrement de la fenêtre mais personne ne le bute. Il est puissant. Sa peau cuivrée -couverte de strass de transpiration- sublime ses muscles secs et forts. La clope qu'il fume est pendue à ses lèvres. Il est attentif. Ses yeux sont blancs, sans pupilles, mais son regard est intense. Comment reconnaître un regard sans pupilles ?

« On n'avait pas d'autre choix que d'être lisses. Comment veux-tu être lisse quand tu es furieux ? Depuis l'enfance je le suis. Je suis libre, je suis maître de ma vie, je suis seul, je suis avec tout le monde. Je prends qui je veux, comme je veux. Je tue, je fais naître... Oui je fais naître... Toutes les femmes que j'ai prises de force ou avec leur accord, il y en a qui ont enfanté. Elles n'ont pas regretté. Il leur restera quelque chose, quelqu'un quand elles seront cancéreuses ou grabataires. Un mioche qui les regardera avec les yeux vitreux, pleins de tristesse. Oh la pauvre maman qui s'en va, mais ne s'en va pas seule, il y a le mioche de l'autre salaud qui un soir d'été l'a prise debout dans une ruelle puante, à la sortie d'une boîte, qui lui a injecté la semence avant de ne plus laisser de nouvelles. Elle n'a pas avorté à l'époque parce que le déni de grossesse l'avait portée trop loin pour le faire... J'ai fait naître, et j'ai fait mourir. Et j'y passerai moi aussi, mais jusqu'ici l'Indien, je suis là, debout, en pleine forme. Et ces cons dehors qui vident leurs chargeurs sur la baraque, ils n'auront rien. Ils se sont enrôlés parce qu'ils voulaient défendre leur Nation grignotée par le capitalisme, la bourgeoisie, la mondialisation, la globalisation de la dictature libérale. Ils croient défendre des valeurs, un drapeau, leur famille grotesque, alors qu'ils ne sont que le bras armé de leur propre fion, les petits tirailleurs serviles du vingt-et-unième siècle. Ils ont peur de mourir malgré tout. Ils veulent fonder une famille, s'acheter une maison à crédit et baiser une pute une fois de temps en temps. Et moi, en face, moi la République, la vraie, la pure, celle qui se fonde dans la violence, le sang, la pureté, je suis là, bien debout, toujours vivante... Vivant... Enfin vivant dans cette dimension, à ce niveau de conscience... En attendant de mourir de cet état, et de vivre dans un autre état, une autre dimension de conscience... Ils peuvent me menacer, me canarder, je n'ai pas peur... Qui a peur de mourir quand il sait qu'il ne s'agit que d'une étape ? Eux ne savent pas. Ils savent nettoyer leurs armes, faire leur lit au carré, nouer leurs lacets, lire, écrire, écouter de la merde, mais ils ne savent rien. J'ai hâte qu'on remplace les troufions par des machines, et que ces machines butent tout le monde ! »

L'Indien n'est plus là. Le rideau s'est figé. Le vent a cessé. Il rampe jusqu'à l'escalier pour rejoindre le grenier. Là-haut, il s'habillera. Il se lavera un peu avant ça avec l'eau de pluie récoltée dans les bassines positionnées près des gouttières sur le toit en tuiles orangées. Il mangera une boite de saucisses lentilles. Il chargera son arme. Mettra le couteau à la ceinture.

Le Haut-Parleur : « Rendez-vous ! Nous serons contraints de mener l'assaut si vous n'obtempérez pas ! »

Il se dit qu'un « rendez-vous », c'est un très bon moment à passer parfois.

AUX NOUVEAUX TYRANS À TÊTE D'ANGE. 74ᵉ jour.

« Ceux qui se soumettent aux nouveaux tyrans à tête d'ange seront balancés dans la fosse commune et je chierai sur leurs cadavres »

Il étouffe dans ce goulot, ses yeux plongent dans le vertige, la panique, le silence si puissant. Ramper, plonger en apnée dans l'artère bouchée par les écoulements des eaux de pluie. Bertrand n'en voit pas le bout, n'en connait plus l'issue, son sac à dos attaché à sa cheville avec une corde fermement nouée tire sur sa jambe, un peu comme si les muscles de son mollet et de sa cuisse s'étiraient jusqu'au déchirement ultime.

Qui tire là-haut ? Il pleure. L'indien lui souffle dans l'oreille qu'il faut tenir encore, avancer, qu'il faut aller jusqu'au bout. Mais quand les fantômes veillent, secouent leurs corps gluants à l'instar de pines molles... Sa République dégouline... « Dans la fosse commune sur laquelle il s'assoit »

LES ENTREPRISES SONT DES SEIGNEURIES. 75ᵉ jour.

« Les entreprises qui ont des salariés ou des travailleurs « libéraux » à leur service sont des seigneuries, quelle que soit leur taille, elles sont des lieux anti-démocratiques voués à l'abus de pouvoir de Seigneurs locaux. C'est au bon vouloir de ceux-ci que chacun doit se soumettre. S'il est un monarque local éclairé, il distribuera de l'empathie et des bons morceaux du banquet, s'il est un autocrate teigneux et con comme toute sa lignée, il roustera ses serfs à coups de menaces de licenciement, de « demander toujours plus pour toujours moins de salaire » et de harcèlements moraux divers et variés. Il n'y a rien à faire. La féodalité moderne est à ce prix... Ma République ne leur donne aucune chance. Ils ne m'auront pas... Il y a eux, il y a moi. »

Il parvient tout juste à jaillir de la vulve terreuse qui fait office de sortie du tunnel. Nouveau-né couvert de merde, il étire son corps sur l'humus tiède du petit bois. Il fait encore nuit mais l'aube pointe déjà. Les balles crépitent au loin. Il est hors de portée de leur vue.

LE TRAVAIL DE FORÇAT DANS UNE MANUFACTURE MONDIALE. 76ᵉ jour.

La voix de Bertrand se fraye un chemin entre les arbres :

« A la différence des séquences plaintives individuelles d'occidentaux de classe moyenne plutôt bien protégés, les souffrances collectives impliquent une forme de neutralité dans la souffrance. Souffrir au même niveau que l'autre. Souffrir ni plus ni moins que l'autre même s'il existe des inégalités individuelles entre chaque être. Peu à peu le capitalisme mondialisé s'est approprié l'ensemble des territoires, chaque parcelle de la croûte terrestre, des pans entiers de milliards d'esprits. Après les grandes famines des années post-coloniales. »

Sombre et puissante, sa voix atteint les arrière-lignes. Dans un camp fait de trois marabouts aux couleurs camouflage, quatre 4x4, des malles énormes et un fil à linge semé de slips kangourous blancs. Un filet de fumée blanche s'échappe de la cantine.

« Qu'est-ce que ce type fout à poil là-bas ? Dans le bois. Tu ne vois pas ? Il braille en levant les bras.

- Un taré.

- On devrait aller voir »

Les deux soldats lâchent leur ration de saucisses-lentilles sur la caisse qui fait office de table. Une dizaine de canettes de bière vides forme un cercle parfait en son centre. Fusils en bandoulière, ils s'avancent. Ils doivent traverser la départementale bitumineuse avant de sauter au-dessus d'une haie de ronces. Le parterre de feuilles mortes qui suit est moelleux, craquant, presque mouvant. L'odeur de champignons, de lichens rappelle cette grosse averse orageuse qui s'est abattue une heure plus tôt, imbibant les sols chauds d'une pluie acide venue du Nord-Est. Leurs pas sont sûrs, rapides. Leur dextérité de soldats surentraînés leur permet de passer creux, troncs, bosses sans embûche. Une pie picorant un tee-shirt en haillons prend son envol. Délirant à première vue, l'homme ne cesse de parler, possédé:

« Les grand-messes humanitaires des années 80, les chorales de chanteurs pop pour éradiquer la famine en

Ethiopie ou ailleurs ont engrangé assez de thunes pour enrichir des générations de bourgeois au grand cœur ! Ces étoiles filantes de la soupe variétoche étaient les idiots utiles du système. Grâce à eux, tout comme on avait fermé les grands ensembles industriels en Occident devenus des foyers protestataires socialisants, il fallait fermer les pays-famines, les remplacer par des pays-usines, des pays-centres d'appels, des pays où tout affamé reconnaîtrait dans le travail de forçat dans une manufacture mondiale ou une plantation en monoculture une sorte de rédemption, d'accès direct à un paradis terrestre. Mieux vaut être esclave dans une fabrique de jouets en plastique pour enfants de classe moyenne qu'affamé dans un camp-mouroir ou un village-abattoir. Et sans ma seule force de conviction, ma seule conviction. »

Les deux soldats se ruent sur lui sans même lui parler, le plaquant au sol avec une brutalité telle que Bertrand marque un temps, étourdi par le choc avant de casser le visage à coups de tête au plus grand des deux assaillants. Sans attendre, son long bras d'acier entoure le cou de l'autre tel un python. Les cervicales craquent, le corps plie et se meut en une masse molle et lourde dans un sillon d'humus. Péniblement, il se relève en grommelant, comme extirpé du sommeil. Bertrand constate sa nudité, l'éparpillement de ses vêtements et du contenu de son sac à dos avant de fixer le trou étroit par lequel il est sorti. Repérant le camp de soldats un peu plus loin, il s'attèle immédiatement à tirer les deux corps sur le trou avant de les couvrir de terre, de feuilles, de branches. Aussi étonnant que ça puisse paraître, personne ne repère son manège. Il a le temps de se rhabiller avec les vêtements propres qui s'entassent au fond du sac à dos. Un tee-shirt noir, un pantalon à pinces bleu, une paire de baskets.

Avant de quitter les lieux, uniquement armé d'un sac en bandoulière rempli avec deux boites de raviolis, une cuillère et une gourde pleine d'eau, il jette un dernier regard vers le village dont on peut apercevoir les toits des premières maisons derrière un terril ratatiné. Un hélicoptère lâche un missile air-sol qui pulvérise une maison sans cachet à l'entrée du village.

Il s'avance vers le nord. Au-delà du bois, il ira à travers champs durant une heure avant de bifurquer vers le sud pour y disparaître.

« Des Quatre Frontières au-delà desquelles prospérera la République, je choisis celle du sud »

LE SMOG PUANT QUI NE QUITTE PLUS L'HÉMISPHÈRE. 82ᵉ jour.

En chemin, les souvenirs submergent Bertrand.

L'hiver s'était littéralement effondré sur la France. Une couche de neige de près de cinquante centimètres sclérosait la vie de la petite ville industrielle. Les cheminées avaient cessé de cracher leurs fumées noires et âcres, ces rots puants à l'odeur de fonte. Chacun restait chez soi, devant les radios à piles donnant des nouvelles sur l'évolution de la tempête hivernale. Ne plus rien faire. Boire du café au lait chaud très sucré. Et attendre. Les chômeurs et les ouvriers, leurs gosses et leurs parents retraités étaient entravés. Novembre inaugurait un hiver, un vrai, un hiver assassin qui durerait trop longtemps. Jours trop courts, températures glaciales, rivières gelées sur lesquelles les enfants viendraient patiner en hurlant, se poussant, se bastonnant. Les enfants de ces temps de quatre saisons. « Une belle époque de connards », pense Bertrand.

Il était adossé au mur. Le crépi jaune-blanc abîmait son K-way rouge. Sa capuche fermement attachée sous le menton. On voyait à peine l'immense colline qui se soulevait à cinq cents mètres en face de la maison familiale. Bertrand, gelé mais vaillant, dans son jean et ses baskets s'avança dans le molleton épais. La neige était légère. Poudreuse dans laquelle son petit corps de gosse de huit ans se frayait sans mal un chemin. Jusqu'au sapin... Puis plus bas, en contrebas. Ses pieds butant contre les branches décrépies de genêt. Il s'éloigna de la maison. Tout le monde se désintéressait de lui, le petit dernier, le venu trop tard, le fatigant, le de trop, le coûteux. Il s'approcha de la maison en contrebas, celle de ces voisins fantomatiques dont on ne savait presque rien... Car il faut tout savoir de tout le monde dans les petites villes, se reluquer les uns les autres, un peu comme si chaque être était une cellule d'un même corps. Si l'une se désolidarisait des autres, alors le corps risquait de se disloquer.

« A coups de pieds dans le cul, c'est comme ça qu'on fait avancer les enfants. »

Bertrand rêvait des Inuits (on disait esquimaux à l'époque, un peu comme la marque de glace qu'on pouvait sucer l'été à côté du camion du monsieur qui en vendait après avoir fait retentir son klaxon mélodique prévenant de sa venue...). Il rêvait de graisse de phoque, d'igloo (ça lui faisait penser au poisson pané du Captain Iglo dont il raffolait), d'étendues infinies, figées dans l'éternité... Il sauta par-dessus le grillage. Ce dernier ploya sous son poids. Ça l'amusa, ne l'empêcha pas d'arriver devant la porte-fenêtre de derrière, là où le volet en PVC était entrouvert. Dans l'obscurité du salon, il aperçut une silhouette sur le canapé. Celle d'un homme immense, d'au-moins un mètre quatre-vingt-quinze, presque obèse. Sans trop y penser, il prit un parpaing posé sur la terrasse et le jeta contre la vitre qui explosa. Il entra. Il se figea devant le géant qui sursauta. Tout était sombre, puant. Ça sentait le caca et le vomi, les pieds sales aussi.

« Qu'est-ce que tu fous là toi ? »

Il ne répondit pas. Le toisa. Il n'avait pas peur.

« T'es chez moi bordel ! »

L'immense bonhomme tenta de se relever du canapé. Il parvint à peine à s'asseoir. Sa grosse main molle attrapa les Gitanes bleues. En allumant sa clope, son visage d'ogre barbu se dessina sur le fond ocre du salon.

« Je te reconnais. T'es le petit con qui vit au-dessus. Tu viens tout l'temps zieuter ici. J'te fascine gamin ? T'as jamais vu un type énorme crever dans sa maison ?

- Nan jamais. Vous n'êtes pas normal. Vous êtes dangereux. Tout le monde le dit.

- On dit ça ?

- Ouais, dans le quartier, les parents disent qu'il ne faut pas approcher d'ici.

- Ah on dit ça dans ce patelin de merde. On dit, on juge. Ils n'ont que ça à foutre tous ces crétins, les ouvriers, les contremaîtres, les patrons des usines, les chômeurs, leurs bonnes femmes. Tout le monde parle. Ils disent ça ?

- Ouais, espèce de taré. »

Bertrand se rappelle qu'il s'était approché pour prendre une cigarette dans le paquet. Le géant la lui avait allumée sans se poser la question de son jeune âge. En fumant, il vint s'installer sur le fauteuil en velours qui se trouvait à la droite du canapé du gros. Pour l'écouter, et aussi prendre quelques gorgées dans la bouteille de vin débouchée trônant sur la table de salon. Le vent froid rentrait par la fenêtre brisée, mais il s'en tapait, il savourait. Le géant puant ne semblait pas si dangereux.

« Je suis à l'agonie petit. Comment tu t'appelles ?

- Je m'appelle Bertrand. Et vous ?

- Je m'appelle aussi Bertrand.

- Ah ouais ?

- Exactement. »

Il prit un temps avant que sa voix d'ogre ne réchauffe à nouveau la pièce :

« C'est presque le dernier hiver. L'un des derniers. Il y en aura quelques-uns mais ils s'atténueront pour disparaître pour toujours de la Terre.

- Comment vous savez ça ?

- Je le sais. On me l'a dit. Le temps est un immense cerceau. Le froid se raréfiera. Les bourgeons viendront de plus en plus tôt avant de ne plus jamais revenir.

- Pourquoi ?

- Les arbres mourront. Presque tout sera détruit.

- C'est des conneries Monsieur.

- Pense ce que tu veux. Je le sais.

- Et pourquoi vous me racontez ça ?

- Parce que tu es venu. Parce que tu es Bertrand. Comme moi.

- Ah ouais comme si j'étais vous en enfant.

- C'est exactement ça. Je ne sais pourquoi, mais je suis là. Et je veux que tu saches. Le cancer va m'emporter.

- Il faut vous soigner Monsieur.

- C'est trop tard, et inutile. Je suis foutu.

- Et si vous êtes moi, alors je ne suis pas content. Vous êtes horrible, vous êtes raté.

- C'est ce que tu seras. Mais tout le monde le sera. Pas un seul être humain n'échappera à son sort.

- C'est impossible pour les hivers. Il fait trop froid, c'est la Terre et la nature qui décident pour nous et les saisons, ça ne risque pas de bouger.

- Ça bougera. Lentement au début. Ce sera progressif. Comme quelqu'un qu'on voit tous les jours. On ne le voit pas vieillir, pas au point de ceux qu'on croise des années après, qu'on n'a plus vu évoluer et qui sont restés figés dans nos esprits... Les hivers se raccourciront. Parfois il y aura des regains qui laisseront croire que ça ne va pas si mal, que ça ne va pas si vite, que ça ne devient pas un four. Mais l'illusion ne sera que de courte durée. Notre ère prendra fin presque du jour au lendemain et les ravages seront tellement immenses que personne ne sera en capacité de réagir faute d'avoir pu croire, imaginer l'inimaginable.

- Et pourquoi vous êtes là ? Vous faites des voyages dans le temps comme l'émission de Jacques Martin ?

- Ah ah ! Oui je me rappelle ! J'adorais ! Il voyageait dans une capsule blanche. Une boule. C'était bien vu !

- Mais ça passe encore ! Ce n'est pas fini l'émission !

- Pour moi elle l'est. Elle n'est plus qu'un souvenir que tu me rappelles »

Il se mit à tousser. Une toux réellement dégueulasse qui soulevait le cœur de celui qui l'entendait. Les glaires avaient le volume d'une balle de baby-foot. Et s'écrasaient sur la moquette bleue. Jaunes/grises/bulleuses.

« Tu es là. C'est mon dernier jour.

- Mais non, faut pas mourir, monsieur !

- C'est ainsi. Je veux juste que tu te rappelles que tant que tu ne te retrouveras pas dans ce salon, obèse, à crever sur ce canapé, tu auras toute la vie pour toi. Tu seras libre de faire tout ce qu'il te plaira.

- Même tuer des gens ?

- Aussi.

- Et j'irai en prison !

- Peut-être. Peut-être pas. Je ne te le dirai pas.

- Pourquoi ?

- Parce que je veux que tu savoures. J'ai tout juste soixante ans et ce jour est le dernier... Je suis si heureux d'avoir revu l'hiver et ta bouille de petit merdeux»

Bertrand se relève du tronc sur lequel il est assis. Il a mal aux pieds. Depuis qu'il a laissé les cadavres des soldats dans le bois, il n'a avalé qu'une gourde d'eau. La faim le tiraille. Six jours sans trop dormir. Fiévreux. Souffrant. Ne voyant pas le bout du voyage. « La frontière sud est quelque part par là... à des lieues d'ici.»

Un panneau indiquant la direction de Marseille penche vers le sol. La chaleur est accablante. Les rares oiseaux descendent péniblement vers le sud, luttant dans le smog puant qui ne quitte plus l'hémisphère...

« Si je t'ai blessé, c'est pour mieux t'achever ». Bertrand a eu tout juste le temps d'attraper la gorge de ce flic avec son lacet de chaussure après lui avoir cassé le nez avec le manche de la pelle chopée à l'arrière du pick-up du policier. Ce dernier s'est arrêté à son abord quelques minutes plus tôt : « Qu'est-ce que vous faites par ici

Monsieur ? C'est une zone interdite aux citoyens vous savez ? »

CETTE FRONTIÈRE CONTRE LE MONDE CONTEMPORAIN. 85ᵉ jour.

L'époque est au maquillage de la folie, à son isolement, son calfeutrage, son bannissement. « Définis-moi ce qu'est la folie ? » Elle n'existe pas plus que la normalité, elle est simplement, aux yeux des armées de cellules adéquates qui forment le corps social, le terme qualifiant tout être se déportant du sens du courant du torrent.

« Je sais que c'est interdit. Je sais que tout est désormais interdit. Je sais que je ne devrais pas être là.

- Alors je vous prie de bien vouloir rebrousser chemin.

- Je vais le faire. Mais j'aimerais savoir une chose avant de partir.

- Je vous écoute.

- Pour qui travaillez-vous ? Et ne me dites pas que c'est pour le gouvernement, je ne le croirai pas.

- Je bosse pour le gouvernement.

- Je ne vous crois pas.

- C'est pourtant le cas... Maintenant, terminées les questions, je vous demande de partir. »

Bertrand hume l'air, une sorte de douce puanteur lui parvient. Celle de la mort, celle de marécages, celle de merde. Il s'éloigne à reculons, lentement tandis que le douanier le braque avec son arme. Visage impassible. Plus loin, assez loin, l'horizon forme une dentition irrégulière sur l'extrême sud de la voûte bleue marine. Il interrompt son repli. Fixe le douanier en lui souriant...

« Je crois qu'il n'y a que vous et moi à des kilomètres à la ronde. Je crois que vous ne bossez ni pour le gouvernement, ni pour une organisation secrète. Je crois que vous êtes un bénévole. Vous avez touché la vérité. Vous protégez cette frontière que seuls ceux qui en ont conscience peuvent voir »

L'autre ne répond rien. Sa joue gauche est frappée par la lumière chaude du soleil couchant. Il a un visage d'homme-enfant. Une lueur puissante dans le regard.

« Vous m'auriez déjà tué si vous étiez l'un de ces salopards bossant pour le gouvernement. Ils ont peu à peu rangé une majorité sous leur pouvoir. Ils ont sans cesse changé le nom de leurs partis, ils ont mis des hommes soi-disant nouveaux à toutes les élections, ils ont promis le changement, ils l'ont réalisé. Ils nous tirent désormais dessus. Ils butent leurs propres parents, enfants dès lors qu'ils contestent la « démocratie », la « liberté » dont ils se disent les défenseurs et garants. Nous sommes exécutés en douce. Leurs médias « libres » et « démocratiques » nous appellent des terroristes en toute circonstance... J'en suis un. Vous le savez. Vous en êtes un également sinon vous m'auriez déjà buté. »

Bertrand avance d'un pas. L'autre saisit plus fermement son arme.

« Vous protégez cette frontière contre le monde contemporain, contre l'Humanité moutonnière qui le sert. Je suis des vôtres. Je suis de ceux qui sont persécutés, qui ont tenté de faire quelque chose. Je vous demande de tirer. Je sais que c'est la seule solution. Rien ne va plus. Plus rien n'est possible.

- Eloignez-vous, je vous en conjure.

- Tirez... Vous êtes là pour ça. Vous savez que vous ne devez épargner personne »

Il avance encore. La détonation est sourde. La balle brise son tibia droit en plein centre. Son cri est strident. Il s'effondre sur le flanc gauche. Un essaim d'hirondelles ondule au-dessus d'un corps de ferme sans toiture à quelques centaines de mètres de là. Le silence est complet. L'essaim s'enfonce vers le sud avant de disparaître instantanément où l'océan d'arbres couchés et morts commence.

« Achevez-moi »

Il rampe difficilement. Son pied roule et déroule autour du mollet déchiqueté.

La seconde balle frappe l'abdomen de Bertrand, dégorgeant ses viscères chauds sur le sol caillouteux. Son regard s'éteint, ses pupilles se dilatent. Il fixe son bourreau, bouche ouverte, souffle coupé...

UNE MER FURIEUSE GRIGNOTANT LES CÔTES. 100ᵉ jour.

Le Sirocco perturbe la vie déjà difficile des millions de personnes qui s'entassent à Marseille et dans les camps alentour. La maladie du temps confond la survie, l'ennui, la violence. La Méditerranée a la puissance d'un océan déchaîné, frappant les dernières plages, les résidences et les routes côtières. Malgré la furie, malgré cette nature déchaînée emportant tout sur son passage, des travaux gigantesques sont entrepris. Le chantier de l'embarcadère géant de Fos-sur-Mer est en voie d'achèvement. Des milliers de passants, curieux, s'arrêtent derrière la cloison de plus de cinq mètres de hauteur qui entoure la zone de plusieurs milliers d'hectares. Le panneau publicitaire dévoile la photo lumineuse d'une foule bigarrée aux yeux brillant de joie.

Le slogan : « Nous vous promettons un avenir radieux »

Le logo de la multinationale de traitement des déchets marque les esprits. Une croix rouge sur un fond noir. Depuis son lit du dispensaire du camp numéro deux, installé dans un entrepôt désaffecté, Bertrand est envoûté par les allers et retours du chariot d'une grue. A cause de la douleur, il articule difficilement. Son voisin de chambre est au stade terminal d'un cancer de la gorge. Silencieux. A l'écoute. Brumeux. Emporté.

« J'ai franchi la première limite. Maintenant, j'ai plus qu'à attendre, comme nous tous. Moi aussi je veux un avenir radieux, rejoindre l'extrême-sud, toucher le sol du continent de cocagne. Je vais y aller pour trouver la paix, y refonder ma République et y convier les plus justes de l'Humanité. Je ne vais pas me laisser faire. Je vais avancer. Je suis immortel jusqu'à nouvel ordre...

__Suivre Léonel Houssam sur le web et les réseaux sociaux :__

Site :
https://leonel-houssam.blogspot.com

Instagram :
https://www.instagram.com/leonel_houssam

Facebook :
https://www.facebook.com/leonelhoussam3

Twitter :
https://twitter.com/LeonelHoussam

Tumblr :
https://leonelhoussam.tumblr.com